Gustave Kahn

Domaine de fée

PARIS-BRUXELLES

Édition de la « Société nouvelle »

1895

Gustave Kahn

Domaine de fée

PARIS-BRUXELLES
Édition de la « Société nouvelle »
1895

Exemplaire de M. Maurice Barrès

son ami

Gustave Kahn

Domaine de fée

Il a été tiré de ce poème :
10 *exemplaires numérotés sur papier de Hollande ;*
200 *exemplaires sur papier teinté.*

Gustave Kahn

Domaine de fée

PARIS-BRUXELLES

Édition de la « Société nouvelle »

1895

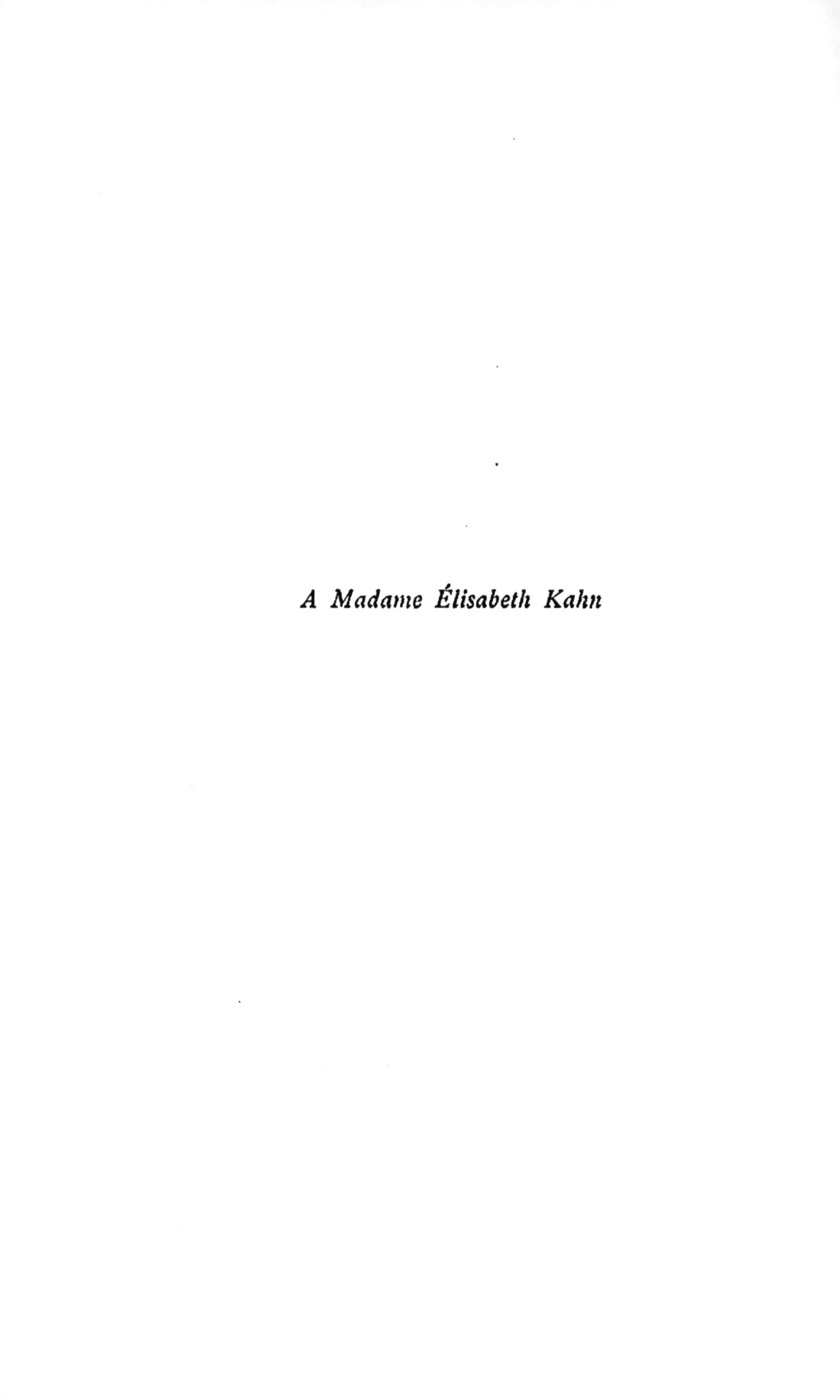

A Madame Élisabeth Kahn

Votre domaine est terre de petite fée.

Des Japonais diserts et fins
sur des tasses de poupées
sourient aux grands oiseaux que feint
votre paroi de royaume de poupée.

Un vague paradis terrestre
gambade à vous dès les matins,
tout vous rit l'accueil, vos poupées,
vos oiseaux, vos tasses et vos mandarins.

Votre salon de faïence peinte
reçoit sur son coin d'étagère
les grands fauves belligères
dessinés en des fables peintes.

Un congrès de tables s'accoude
autour de vases en chimères,
sans nulles fleurs éphémères
que fleurs en faïence peinte.

Un synode de pintes boude,
l'air lourd, sur un coin d'étagère,
d'être sacrifié à des verres
en danse de caprices bohémiens.

Près du divan où tes yeux clos
font l'ombre aux gracieux enclos
des lueurs lunaires captives,
votre théâtre tient clos ses rideaux
en attendant les féeries fugitives
de ton réveil en ton château.

Votre domaine est terre de petite fée.

Chansons

I

Je t'aime de ta voix, de tes yeux, de tes seins
et de ma vie à toi, toi dont les desseins
sont d'aimer celui qui t'aime tant
que peuvent passer les printemps
loin de toi et ton sourire, sans que l'amant
profondément que suis de ta beauté s'émeuve
de rien d'autre que de ta tendresse toujours neuve.

Chérir est la fin des buts, chérir
parce que l'on est dompté par la ligne,
la ligne brève et longue équivalente aux cieux,
la ligne à ravir;
or, je l'ai dans mes yeux,
ce jeu des parfaites géométries;
à cela je crois, je ne crois à rien d'autre,
car les idées ne sont que méchants hôtes
qui se jouent en fallacieux signes
et se tordent dans l'infini.

Donc vers ton parvis, je viens humble et soumis,
et vers vos pieds dépose les guirlandes florales
de mon cœur et de ma cervelle et de ma vie,
et puis aussi je donne mon âme toute blanchie
de la droiture de vos vœux, et les aveux
que n'ai pu vous faire, car le verbe finit
quand se joue l'âme pure, aux visions de paradis,
et puis, sous vos lèvres expirent mes jalousies,
votre fou se câline à votre joue et dit :
« Mienne que j'aimerai par les foires de la vie,
mienne qu'adorerai aux féeries
que me jouent ses présences bénies,
faites de ce cœur à vous l'Eden béni,
car l'Eden, c'est d'être deux, amants et amis. »

II

Je parerai tes. bras de bracelets,
ton cou d'un collier,
tes lèvres de mes lèvres,

je scellerai ton rêve de ma fièvre,
ta gaieté l'encouragerai
de toute mon âme grisée,

tes cheveux les couronnerai
des acclamations qu'arracherai
aux trouvères surpassés.

Puis te demanderai pardon
d'avoir si mal chanté le don
parfumé de ta grâce souveraine
et l'assentiment de ta beauté reine.

III

Notre dame de notre amour,
dont la chapelle est près la mer,
si vers ton autel sa face s'achemine,
aumônière aux vieilles que les rides parcheminent
et gaie à l'enfant qui court.

Dis-lui que l'exil est lourd,
que les mains sont désheurées,
toujours à sa taille liées,
tous ces bonheurs des derniers jours,
et que c'est lividité,
ce soleil clair des matinées
dans la ville où l'ennui me garde emprisonné.

Notre dame de nos caresses,
ta chapelle vers le nord,
c'est un exil vers les bords
de la dure fatalité.
Reine des tristesses d'été,
je ne puis pendre à tes piliers
les lourds ex-votos des pèlerins boréaux,
Notre dame du soleil de nos caresses.

Je la laisse t'apporter la royauté des genêts d'or,
l'éclat rouge des fleurs de grenadier
et la douceur des figues cueillies à l'aurore,
l'émail des statues divines par les piliers
des temples païens de claire beauté,
où s'usèrent mes genoux à contempler
les radieux étés de la face humaine.

Accueille mon ambassadrice
et dis-lui qu'on souffre loin d'elle
et que son esclave est celui de la plus belle.

IV

J'héberge en mon âme, ô mon âme, un hôte
aux délices de sourires et de baisers,
sur l'été de ma vie penché
pour que mes voix et mes yeux viennent fêter
un clair frisson de joie des étés.
Je t'ai prise et conquise et te garderai.

J'ai mis à ton cortège les mages,
les pèlerins et l'Hécate des nuits d'été.
De pâles chevaliers muets au bord des routes
tenaient les hampes des drapeaux vers le passage adoré,
j'ai fait chanter les lieds, de pauvres filles, près de ta route,
pour que ton sourire puisse consoler leurs doutes.
Je t'ai prise et conquise et te garderai.

Et ne pouvant t'offrir qu'un maigre Occident
mal paré de chansons, un Occident somnolent,
je t'ai sacrée reine de l'Orient
que je possède, large et pur et haut,
crucifié de martyrs riants,
joyaux de la Sulamite que j'ai.
Je t'ai prise et conquise et te garderai.

V

Je suis celui de ta beauté et rien d'autre,
le reste des débris du monde n'étant rien
que nomenclature et que mappemonde,
je suis celui de ta beauté et rien d'autre.

Ta beauté c'est du doux soleil vers midi,
non très loin d'un mur blanc, de nattes, de chansons,
ta beauté c'est des yeux vivant des vies de colibris
et puis mon âme toute et toute ma vie.

Ta beauté s'éjouit dans un cœur tout à toi,
ta beauté parfois frissonne
en pensant que mon cœur sonne
comme d'un éternel émoi.
Mais tu sais si bien que personne
ne se mirera dans ce miroir à toi.
Ta beauté réjouit tout ce cœur tout à toi.

VI

Je m'ennuie à tarir,
viendrez-vous avec nous
au bocage royal des fous?
Parez-vous donc à ravir

D'un collier d'ambre à votre cou,
sur votre doux visage un loup,
que seul je puisse savoir
que tu es jolie à ravir.

Des crépons argentés,
d'un éventail en rais lunaires,
de votre regard, parez-vous
et venez, jolie à ravir.

Le rêve est doux, qui joint les espaces;
sur la route vous feront place
les carrosses des rêves jaloux.
Que soyez parée à ravir,

Et votre triste compagnon
embrassera votre cou
et puis dénouera votre loup.
Belle, tu es jolie à ravir.

Qu'il est loin le rêve espéré
et que vais vivre dépité
car, vrai, je m'ennuie à tarir
loin de vous, jolie à ravir.

VII

Corbeille de fruits rares que j'aime,
entrelac des lignes que j'aime,
son des propos que j'aime,
danse des danses de ton pas que j'aime,
loin de toi, c'est attendre et non vivre.

Oiselet qui dans mon cœur pépie,
face rieuse qui me taquine et qui me rit,
face sérieuse dont je m'inquiète, vers qui je prie,
loin de toi, c'est pâtir et non vivre.

Loin de toi, c'est le désert et non la vie,
c'est un bruit de fête qui vient dans la nuit
assombrir la pauvre âme dolente
de n'avoir pas à toute minute de sa vie
sur son épaule ta tête souriante.

VIII

Les masques de la mascarade,
passez, vous n'êtes pas celle
dont mon être épris chancelle,
passez sans moi votre parade.

Les barques vers Ophir ou Thulé,
passez, vous ne portez pas celle
à quelles lèvres mon cœur se scelle,
passez sans moi vos traversées.

Chansons des fêtes carillonnées,
restez, si vous chantez celle
qui demeurera mon aimée
et bercez-moi ma destinée.

IX

Ami, voici la viole et le luth,
chantez pour ceux-là de l'existence,
chantez telles danses,
oubliez que je suis là, tranquille près de vous,
d'où mes yeux vous mirent, comme de loin.

Je ne puis chanter que mon rêve : voici,
j'aime d'âme et de corps et du plus loin
une seule aux doux yeux, seule pour ma faim
elle est près de moi même quand elle est loin.

X

Si je meurs
moissonné par la vie,
fauché par la durée,
si je meurs
d'avoir oublié l'heure
aux détroits tristes de la vie,
si la mort
étend sur moi le manteau pauvre,
si je meurs
couché sur un large bouclier
mon cœur battra de toi.

Si je vis
par les parcs enamourés,
si je vis
par les psaumes des paumes qui disent oui
à mes paroles,
si je vis glorieux et doux,
nos fanfares résonneront
sur les âmes en chansons
qui écoutent
le pas de notre cheval sur les routes.

Si je parle,
c'est ta voix
qui parlera dans la flûte de bois,
orgueil unique du poète,
si je parle,
c'est pour toi,
c'est pour ta beauté loi,
les lèvres sur l'âme aux abois.

Si je chante, ce sera
l'hymne des choses brunes et d'ambre,
ce sera l'avril des temps
et le réveil des rois des temps.
Les éventails de mon rêve
sur le rêve des gens passeront
comme un vif émerveillement
pavoisé de paons en rêve.

Et si plus tard je me tais,
ce sera que les vieilles lyres
des antécesseurs vaincus
orneront le parloir à sourires
où tes yeux sur les miens vaincus,
pèsent de leur despotisme aigu
mais si cher et si tenaillant
l'âme folle que moi je suis,
que loin de toi, je m'en irais
lentement comme vers un gouffre
glissant, comme une herbe qui souffre.

XI

Mon cœur est bizarre, il est bête mon cœur.
Auprès d'un trône que je bâtis
près des sandales qu'ai ravies,
un pauvre fou tremble et pâlit.
Mon cœur est bizarre, il est fou mon cœur

Toastons! celle que j'aime est d'ambre, elle est de jais,
elle est aussi d'ivoire et belle comme le lait du Léthé,
elle a chassé mes mauvais songes.
Je ronge patient le joug qu'elle m'a forgé.

Elle est divine, parce que mienne, elle est beauté,
ô sourires des temps, terrasse de Bethsabée.
Tu as lui et mon âme flambe de clartés.

XII

O bel avril épanoui,
qu'importe ta chanson franche,
tes lilas blancs, tes aubépines et l'or fleuri
de ton soleil par les branches,
si loin de moi la bien-aimée
dans les brumes du Nord est restée.

O bel avril épanoui,
la revoir est la fête sans merci,
ô bel avril épanoui.
Elle vient à moi. Tes lilas,
tes floraisons de soleil d'or
alors me plairont – merci,
ô bel avril épanoui.

XIII

J'étais allé jusqu'au fond du jardin
quand dans la nuit une invisible main
me terrassa plus forte que moi —
une voix me dit : c'est pour ta joie.

O mon grand amour sans merci,
qui rayonne mon cœur et le pressure
de tout souci d'une étreinte si sûre,
amour de ma belle, m'ayez en merci.

Lors je vis des chars de gloire
jaillir des profondeurs noires,
et des fées en descendirent
qui de mon fol cerveau défrichèrent
toutes anciennes herbes amères,
et mon amour put tendre la grande lyre.

XIV

C'est sous de lourds rideaux
un frisson de voix, un écho
qui presque prononce mon nom
avec telle inflexion
qu'on dirait que des fées
apportent de ta voix sur leurs ailes.

Mes yeux se ferment,
une étoile filtre dans mes yeux
et le brusque réveil envieux
la fait fuir vers la terre ferme
des solides réalités.
Je veux revoir l'étoile des fées.

Et puis c'est comme un frisson
du danger qu'elle peut courir.
Être là pour secourir
les siens! le bon réveil
vient en aide à l'âme apeurée,
mais ô revenez, mémoires, les fées.

XV

Paroisses domaniales des cœurs,
les chœurs de vos maîtrises
hantés et non suspects de traîtrises,
planent sur un monde si vieux et si bas
que le marquis de Carabas,
possesseur de terres et de moulins à vent,
n'en saurait croire ses oreilles d'âne,
à entendre chanter les joies des maîtrises
par les éoliennes du vent.

O joie de la présence infinie,
votre chanson sur l'absence
plane en gloire épanouie.
Roses de jadis, roses de toujours,
Parfums par toujours épandus et réjouis,
passez sur l'âme du plus humble,
du poète qui dans son âme écoute vos essences.

Charbon divin, celui de Moïse et d'Isaïe,
charbon sur mon cœur, ô vous, toi que j'adore,
des mysticités passent et demeurent
en mon cœur, écho sonore des maîtrises;
l'âme est tel vallon qu'on ensemence,
si l'on veut de soleils, si l'on veut de démence.

O reine de mes joies et douleurs,
ô vous qui surpassez mon hymne de la hauteur
de quelqu'un qui seul est hymne,
aimez-moi, car je vous aime
telle que vous êtes,
telle que serez,
et mieux que moi qui ne sais
ce que de moi vous ferez.

Le plus fort ou le plus faible
c'est votre arbitraire, le roi,
fortifiez-moi de votre foi en moi
et je serai en Occident le plus haut des rois.

XVI

Une figure d'ange d'ébène
aux ailes de solide métal d'or
s'est levée sur mon cœur qui dort
empreint du rêve doux de sa chaîne,
et de larges yeux surhumains palpitent
comme des gisements d'amour à tréfonds d'âmes ;
s'allument florales de colossales pépites
d'un métal fluide et dense plus pur que l'or.

La voix retentit comme un hymne paré d'étoiles
parmi les drapeaux et les miroirs de fête;
des cadences de marteaux géants dans des forges
hantées de chanteurs athlètes
s'allument, frissonnent, sonnent et s'estompent
pour faire place au chant doux des harpes.
Pas des géants aux chansons douces d'amour, passez
sur le rêve de mon cœur joyeux d'être enchaîné.

Des essaims de magiciens incantent :
paraissez, phosphorescences dorées,
symbole des enlacements,
chant battant des orgueils d'amants.

Des essaims de magiciennes chantent.
Illuminez, beauté,
la terre éparse de lacs d'étoiles,
la terre semée de bals de lumières
et des courses d'œgipans parmi les toiles
aranéennes des grands taillis dormants
où se jouent les lignes des lèvres qui chantent.

XVII

Ma mémoire fête une nativité.

Parmi la foule des pages,
la dextre fleurie d'un grand lys blanc,
d'autres tenant en laisse des levriers blancs
dont la tête vers la terre se baisse;
parmi les rois de haut parage
dont l'escarboucle et les rubis ornent le front
et les turquoises et les grenats scellent les sabres;
parmi les sages en turbans
à peine vit et remue
déjà esprit, déjà sourire,
un enfant.

Sur la mer les frustes équipages
attendent sous le soleil droit,
sur les escaliers blancs des palais de marbre
s'éveillent des tapis de Turquie
et des soies de la Bactriane,
cependant que les pâtres au long des longs sentiers,
les bêlants et meuglants leur tâtant les talons,
montent vers les palais de marbre froid
étincelants sous la haute beauté du soleil droit.

Et les fleurettes aventurières le long des haies
et les fleurs tachées de sang des champs
s'éploient.
Dans l'arbre lointain qui se meurt de l'Occident
le rossignol des années anciennes se reprend
à clamer l'antienne des vieux printemps.
Des coqs chantent sans savoir pourquoi.
Le souffle des bonheurs indicibles
des jours filés d'or et de soie
passe sur ce jour d'avril du monde.

O Fortune, les piastres et les sequins ruissellent
lentement, lentement, comme de lèvres de nymphes,
vers le populaire et l'enfançon malingre.

Des vasques merveilleuses éclairent les platanes
et dans les cieux bleus où danse la nue blanche,
des ménétriers angeïots
et les muses ailées échangent
l'hymne glorieux des instruments
au-dessus du palais en gaieté de firmament.

XVIII

C'est un pèlerin qui revient d'Orient.
Il y fut chercher une fleur embaumée
qu'a plantée, aux jardins d'Engaddi,
jardins dessinés d'après la beauté
d'Abisag et les atours dont fut dotée,
Salomon, vieux magicien aux mains noircies
par une prière éternelle vers la beauté.

Il est parti avec la chape et le bourdon,
il a dormi le long des ruisseaux jolis
qui sous les lauriers roses et sur les cailloux blancs
imaginent des arabesques de libellules d'argent.
Puis comme les mosquées souffraient des janissaires
qui les gardent le sabre en main,
il s'en revint mélancolique vers sa maison.

Il posa vers l'âtre son bâton,
le bâton de la longue traversée,
et puis regarda s'embraser
vers lui les doux yeux qu'il aimait.
Lors son bâton devint tige parfumée
fleurie du grand lys blanc qu'il n'avait pu trouver.

Bon pèlerin qui reviens d'Orient,
le bonheur est dans ta maison
et non le long des routes sourdes d'embuscades,
et le monde est mascarade
auprès des doux traits si fins
qui sourient dans ta maison.

Figure au Théâtre

Dans un luxe d'or rouge à fleurs d'or mat,
dans un faste de pierres bleues,
mate,
la couronne de ses noirs cheveux aurée,
l'éclat de ses mains s'adoucissant d'anneaux
forgés au fond des ghettos,
lourds et purs pour la plus aimée,
ses yeux inclinant leurs aveux
et la douce bonté de sa bouche,
elle écoute.

Psaumes tus,
rituels de tribus en exil,
paroles au soir sur la montagne,
rêves entrecoupés des nuits d'alarmes,
ritournelles d'étranges étrangers
fuyant dans des cliquetis d'armes,
vœux éplorés des seulettes en la campagne,
bruits de bal dans l'île,
prières de nonnes de remords vêtues.

Le bal est si solitaire, sous ses yeux;
de brefs météores de parfums s'éveillent,
jouent, paraissent, dansent, disparaissent,
le bal a vers ses yeux, tant d'allégresses,
des masques sonorants se parent non pareils,
paraissent, dansent, fléchissent, sous ses yeux.

Les voix de la ballade,
les dialogues sous les feuillées,
le récital de peines amères d'enfants
le cœur navré de griève peine,
les oliphants tristes du héros malade,
les jonchées de colloques épars sur la peine
universelle de l'amour mourant,
le cœur navré de griève peine.

Bruire et rire.
Voici passer les échansons.
Les coupes sont d'or mat et de topazes,
des serves blondes supportent les grands vases
et s'agenouillent à l'échanson.
Bruire et rire.

Voici sur le fond du théâtre,
voici passer les histrions
dialoguant des chansons d'amour profond.

Colloque Nuptial

Ce n'est au décor d'or du tabernacle,
ce n'est à la salle brune décorée de hanaps,
ce n'est aux quêtes de Graals,
ce n'est au saint autel ni à la sainte nappe,
c'est au bazar du beau intégral.

Il avait étalé des fleurs de soie,
des oripeaux dorés de fou de roi,
une mitre d'améthystes,
un éventail de topazes
et le vrai sourire d'Ève empreint sur des gazes.

Dans un port fortuné, sa mahonne
attendait;
à la porte d'un obscur retrait son cheval
piaffait;
son courrier cherchait aux montagnes,
dans des cabanes
déshéritées,
quelque antique miroir de métal.

Il lui dit : Mes aïeux
s'en sont venus de loin par des chemins obscurs,
ils allaient de ville en ville.

Ils montraient aux curieux
des verreries et des turquoises,
ils gardaient les diamants pour eux.

Au gîte pauvre, ils couronnaient
l'éternelle et mate Orientale
de diamants,
et lui chantaient en vieux rythmes d'Orient :
Je suis l'amant.

Je suis l'amant de ta beauté éternelle,
voici le sourire d'Ève
et les grâces des chevreaux sur le Carmel,
et je t'aime éternellement.

Le premier qui vêtit ma semblance
était affolé de ta face,
j'ai tenaillé les surfaces
pour y sculpter ton admirance.

Mon fils bercera ses enfances
sur la soie de mon rêve vivant
et c'est ta semblance
qu'il aimera delà les temps.

Elle lui dit :
Une voix m'a troublée quand je me suis tue,
quelqu'un parle dans le silence
et j'écoutais parfois dans le sommeil de la ville
si la vague chanson résonnerait sur le silence.

J'ai ri, car c'est la loi d'enfance,
j'ai tant ri que je suis le collier triste à ton cou,
j'ai ri sans savoir où
et parfois j'ai pleuré sur ta souffrance.

Mais c'était pour toi, parmi les songes,
comme un oubli d'accords qui s'éveille sur les harpes,
tu devais écouter bruire le silence
et chercher les lèvres de la voix.

Ce n'est ni sur le décor d'or du tabernacle,
ni dans la chanson des montagnes,
mais dans le soir d'une grande fête,
la fête du beau intégral.

Chansons

XIX

Celle qui t'aime a dit aux vents :
Passez par le front des futaies,
écoutez les ténèbres des cités,
murmurez des appels à l'Orient et l'Occident
et sa voix vous répondra... Moi.

Celle qui t'aime dit à la mer :
Vos flux et vos reflux et vos marées,
ce lent déroulement de vos baisers sur le rivage,
les bourrasques de vos colères sur le rivage,
comme son âme sur ma bouche — ô mer.

Celle qui t'aime dit à son âme :
Mes fiertés, mes marches hautaines,
nos fuites dans la forêt, les baisers
perdus pour lui, perdus pour moi,
mon âme, un jour tu les lui rendras.

XX

Vous mes extases, vous ma voix,
vous ma part de fête et le musée de ma mémoire,
vous savez où les fées cachèrent notre coffret
avec toute mon âme et toute votre gloire.

Les sacerdotes et les soldats de mon rêve
ont vainement vécu la quête en la forêt.
Les exorcismes et les lances sont piètres armes
contre les yeux de fées qui rient sans bruit dans la forêt.
Mes soldats et mes sacerdotes, vous les fatiguâtes sans trêve,
et j'implore la paix de la lisière de la forêt.

Je vous donnerai pour rançon mes chansons
et les clefs de ma patrie, votre terroir. —
Que puis-je vous donner que vos lèvres ne prirent
sans parole et d'un baiser, au premier soir
où j'appris que mon rêve et vivait et m'aimait.

XXI

La fée, la fée, votre corselet,
votre corselet d'acier bruni,
vos ailes parfumées des coloris,
vos gentils menuets sur des pointes de fleurs,
et vos menus baisers aux oiselets des nids,
la fée, les aimez-vous, comme je les aime.

Les aimez-vous, comme je les aime,
nos arrivées lentes en notre palais,
parmi les chansons des oiseaux familiers,
et l'accueil ami des dogues familiers
vous aimez-vous, vous-même, comme je vous aime.

La fée, la fée,
les bracelets et les colliers
des rapides pèlerinages
vers nous-mêmes, ailleurs, en d'autres cités,
la fée,
les aimez-vous si tant que je les aime en vous.

XXII

Je suis la synagogue, on y dit, pardonnez-nous
car nous avons pâti, gravement, contre nous
et avons nui au pauvre Dieu qu'avons construit
de nos mains, de nos nerfs et puis de notre ennui.

Je suis la basilique, on y dit, pardonnez-nous
car nous avons bâti, sur le sang et le sable ;
les os d'autres martyrs pavent le sol où nos genoux
implorent quelque chose, comme un Dieu de clémence
          et peut-être de démence.

Et je suis la mosquée; les offrandes des pâtres
parent mes murs sans images; ce sont les pauvres fruits
de la terre marâtre où leur vie se détruit,
et je suis la Mosquée; du plus haut minaret
j'ai su chanter ma peine et mon bonheur aussi.

XXIII

Toutes chansons au bois résonneront;
tous les printemps vert pâle fleuriront,
toute banquette au bois s'enchantera de liserons,
le rire par le bois tarira.

Croyez en la voix des pauvres bûcherons; —
toutes chansons au bois se flétriront,
dans les baisers froids du printemps vert pâle,
tout le bois frilera.

Oubliez les chansons des pauvres bûcherons,
octobre vert pâle passera sur les bois,
toute banquette au bois s'enchantera de liserons,
le rire par le bois trillera.

Toutes chansons au bois résonneront;
tous les automnes pâles y béniront
les idylles des pauvres bûcherons;
par les lamentos des automnes vert pâle
          tout le bois, tout le bois rira.

XXIV

Je te vis, je t'aimais,
je te revis, je t'aimais,
je t'ai revue, je t'aime encore.

Des valses passaient en dialogues d'oublis,
Toi, je t'avais vue, je t'ai reconnue,
des valses partaient pour les plaines d'oublis,
toi je t'adorais et t'adore encore.

Je t'ai reconnue à ton air d'oubli,
tu croyais la vie plus morose,
j'avais apporté un bouquet de roses,
tu l'as respiré et puis tu as ri.

Je t'ai revue et je t'aimais,
je t'ai revue, je t'aime encore.

Des presses

DE MADAME Vve MONNOM

imprimeur

A BRUXELLES

(Janvier 1895)

LES PALAIS NOMADES, poème.
CHANSONS D'AMANT, poème.

Sous presse :

LE ROI FOU, roman.
LE LIVRE D'IMAGES, vers.
LIMBES DE LUMIÈRES. (Ornementation de GEORGES LEMMEN.)

LES PALAIS NOMADES, poème.
CHANSONS D'AMANT, poème.

Sous presse :

LE ROI FOU, roman.
LE LIVRE D'IMAGES, vers.
LIMBES DE LUMIÈRES. (Ornementation de GEORGES LEMMEN.)